O melhor poeta da minha rua

PARA GOSTAR DE LER 43

O melhor poeta da minha rua

JOSÉ PAULO PAES

Seleção e organização
Fernando Paixão

Ilustrações
Visca

editora ática

A Editora Ática agradece à Companhia das Letras pela cessão dos poemas para publicação nesta antologia.

O melhor poeta da minha rua
© Dora Paes / Companhia das Letras, 2008

Editora-chefe	Claudia Morales
Editor	Fabricio Waltrick
Editor assistente	Emílio Satoshi Hamaya
Redação	Ricardo Lísias
Coordenadora de revisão	Ivany Picasso Batista
Revisora	Luciene Lima

ARTE
Diagramadora	Thatiana Kalaes
Editoração eletrônica	Studio 3

CIP-BRASIL. CATALOGAÇÃO NA FONTE
SINDICATO NACIONAL DOS EDITORES DE LIVROS, RJ

P143m

Paes, José Paulo, 1926-1998
    O melhor poeta da minha rua / José Paulo Paes ; seleção e organização Fernando Paixão ; [ilustrações, Visca]. - 1.ed. - São Paulo : Ática, 2008.
    112p. : il. - (Para Gostar de Ler ; 43)

    Inclui bibliografia
    Contém suplemento de leitura
    ISBN 978-85-08-12043-7

    1. Poesia brasileira. I. Paixão, Fernando, 1955-. II. Título. III. Série.

08-3439.   CDD: 869.91
                                            CDU: 821.134.3(81)-1

ISBN 978 85 08 12043-7 (aluno)
ISBN 978 85 08 12044-4 (professor)
CAE: 241721 - AL

2022
1ª edição,
9ª impressão
Impressão e acabamento: Vox Gráfica

Todos os direitos reservados pela Editora Ática, 2008
Avenida das Nações Unidas, 7221 – CEP 05425-902 – São Paulo – SP
Atendimento ao cliente: 4003-3061 – atendimento@atica.com.br
www.atica.com.br

Sumário

Humano, sempre humano

Momentos do Brasil

Conhecendo o autor

Obras do autor

Referências bibliográficas

Um poeta de muitas faces

Os poemas que você vai ler neste livro foram escritos por um homem que era divertido e sério ao mesmo tempo. Um poeta que gostava de ler e de traduzir livros difíceis, de outras línguas – mas que também adorava uma boa conversa com inesquecíveis sacadas de bom humor. De vez em quando, parava a rotina de escrever para tocar um pouco de violão ou conversar com as tartarugas no jardim de sua casa. De repente lhe surgia a ideia de um poema sobre esses animais tão lentos... e logo voltava para anotá-lo.

José Paulo Paes era mesmo um ser especial. Considerado um dos mais importantes escritores do seu tempo, costumava dizer: "sou o melhor poeta da minha rua". Falava isso em tom de brincadeira, mas também para sugerir um sentido mais fundo: ele escrevia por vontade íntima de se expressar e não para ficar famoso ou coisa assim. Tendo descoberto a poesia na juventude, durante a vida inteira cultivou essa arte de dizer muito com poucas palavras.

Nasceu no interior de São Paulo, em 1926, e ainda jovem mudou-se para Curitiba, cidade em que se formou como químico industrial. Voltou em seguida para a capital paulista, onde exerceu a atividade por alguns anos. Mas logo depois passou a trabalhar numa editora, para ficar mais perto dos livros – sua paixão predileta (além da esposa Dora, com quem viveu por 46 anos).

Seu primeiro livro foi publicado em 1947 e se chamava *O aluno*, pois naquela época ele se considerava um aprendiz de versos, tal era a admiração que tinha por figuras como Carlos Drummond de Andrade, Manuel Bandeira e outros escritores do chamado grupo modernista. Com o tempo, novas obras se seguiram, uma diferente da outra, mostrando que o poeta não precisa criar sempre da mesma maneira. Inspirado em temas da história do Brasil, da política, do humor ou dos sentimentos amorosos, ele evita cair na repetição e quer surpreender o leitor a cada página.

Curto, direto e cheio de graça – assim pode ser definido o seu jeito de escrever. Exemplo disso está no título de um de seus livros, que ele teve a coragem de chamar *A poesia está morta mas juro que não fui eu*. Com essa estranha expressão, queria insinuar que a vida moderna já não permite mais a tranquilidade de se ler um bom poema apenas pelo prazer de ler, sem outra razão.

Boa poesia é justamente o que você vai encontrar neste livro. Mas é bom avisar, antes da leitura, que estes versos não são daqueles que falam de amor e flor de uma maneira derramada. Não. Trata-se de uma poesia diferente. Em vez de buscar apenas a emoção, José Paulo Paes quer principalmente estimular a inteligência do leitor.

Como? Levando-o a perceber o jogo delicado que existe em cada frase, e com isso descobrir significados novos para as palavras conhecidas.

Com rima ou sem rima, longo ou curtíssimo, engraçado ou não, qualquer tipo de poesia vale a pena, desde que bem-feita. José Paulo Paes acreditava nisso, tanto que certa vez fotografou uma placa de trânsito (veja na página 29) e considerou-a uma descoberta poética. "Por que não?", comentou ele. "Aquela mensagem dizia que a liberdade estava proibida no paraíso. Como pode? Fotografei aquilo e considerei como se fosse um poema, ora bolas!" Isso mostra bem como o nosso poeta era um homem dotado de imaginação livre e não queria se prender a uma forma única de expressão.

Capaz de misturar coisas simples com outras estranhas e complexas, ele revela muitas faces ao longo de sua trajetória. Bom para nós, os leitores, que dessa maneira podemos conhecer um escritor criativo e atual. Depois da leitura, é comum ficar em nossa memória a lembrança de alguns dos poemas, sem a gente nem entender por quê. Sinal de que a boa poesia vale a pena.

*Fernando Paixão**

---

* Poeta e ensaísta, Fernando Paixão foi muito amigo de José Paulo Paes. Trabalhou por mais de trinta anos na Editora Ática, onde ocupou o cargo de Diretor Editorial.

Palavras em jogo

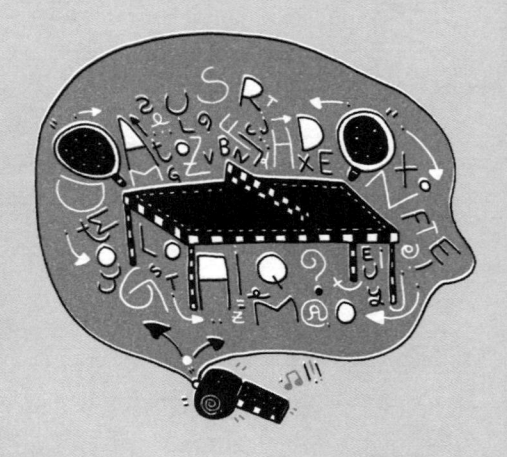

Para o poeta, as palavras são a matéria-prima e, ao mesmo tempo, a fonte de inspiração. Ele procura entendê-las, descobrir se elas podem se expressar de várias maneiras diferentes, e ainda inventa novas maneiras de tratá-las. Fazendo isso, o poeta enriquece a língua, além de conseguir resultados divertidos, surpreendentes. É como se ele fosse um pedreiro que, utilizando o cimento e os tijolos, tentasse criar novas possibilidades para eles, sempre conseguindo alguma coisa diferente para a sua construção.

Desencontros

· · · · · · · · · · · · · · · · · · ·

à memória de Kurt Weill
à lembrança de Gilberto Mendes

tão cedo
cedo demais

sempre tão cedo
sempre tão cedo
demais

tão tarde
tarde demais

sempre tão tarde
sempre tão tarde
demais

tão sempre
sempre demais

sempre tão cedo
sempre tão tarde
sempre jamais

Declaração de bens

meu deus
minha pátria
minha família

minha casa
meu clube
meu carro

minha mulher
minha escova de dentes
meus calos

minha vida
meu câncer
meus vermes

Lar

·····

espaço que separa
o volkswagen
da televisão

Descartes[1] e o computador

Você pensa que pensa
ou sou eu quem pensa
que você pensa?

Você pensa o que eu penso
ou eu é que penso
o que você pensa?

Bem, vamos deixar a questão em suspenso
enquanto você pensa se já pensa
e eu penso se ainda penso.

---

1 René Descartes (1596-1650), filósofo e matemático francês, é considerado o pai da filosofia moderna. Foi o criador da famosa sentença "Penso, logo existo". (N. E.)

Elegia holandesa

águamolepedradura
águaáolepedradura
águaáglepedradura
águaáguepedradura
águaáguapedradura
águaáguaáedradura
águaáguaágdradura
águaáguaáguradura
águaáguaáguaadura
águaáguaáguaádura
águaáguaáguaágura
águaáguaáguaáguaa
águaáguaáguaáguaá

Lisboa: aventuras

tomei um expresso

cheguei de foguete

subi num bonde

desci de um elétrico

pedi cafezinho

serviram-me uma bica

quis comprar meias

só vendiam peúgas

fui dar à descarga

disparei um autoclisma

gritei "ó cara!"

responderam-me "ó pá!"

positivamente
as aves que aqui gorjeiam não gorjeiam como lá

Brinde

ano-novo: vida
nova
dívidas novas
dúvidas novas

ab ovo^2 outra
vez: do revés
ao talvez (ou
ao tanto faz como fez)

hora zero: soma
do velho?
idade do novo?
o nada: um ovo

salve(-se) o ano-novo!

---

2 Expressão latina que significa "desde o princípio", "a partir do início". (N. E.)

Monólogo do porta-voz

– sim-sim?   – não-não?
      – não!
– não-sim?   – sim-não?
      – sim!

13 de outubro, morte de manuel bandeira (1956)

Epitáfio

poeta menormenormenormenormenor
menormenormenormenormenor enorme

Cartilha

a MATilha
contra a Ilha

Ilha recUSA?
Ilha reclUSA

USA e abUSA

América LATina
AméRICA ladina

LATe a MATilha

Ilha trILHA
cartILHA

Momento

Visto assim do alto
no cair da tarde
o automóvel imóvel
sob os galhos da árvore
parece estar rumo
a algum outro lugar
onde abolida a própria
ideia de viagem
as coisas pudessem
livremente se entregar
ao gosto inato
da dissolução – e é noite.

À garrafa

Contigo adquiro a astúcia
de conter e de conter-me.
Teu estreito gargalo
é uma lição de angústia.

Por translúcida pões
o dentro fora e o fora dentro
para que a forma se cumpra
e o espaço ressoe.

Até que, farta da constante
prisão da forma, saltes
da mão para o chão
e te estilhaces, suicida,

numa explosão
de diamantes.

Ode

Uma palavra esquecida
À beira do precipício
Onde o suicida hesitou.
Uma palavra tranquila
Em meio ao pânico, voz
Sem equívoco, harmonia
De harpas antecipadas.
Uma palavra roubada
A outro alfabeto, onde o lobo
Já não uive, onde o revólver
Desobedeça ao gatilho.
Uma palavra mais forte
Que todo gesto de raiva,
Que todo grito de morte.
Uma palavra ofertada
Ao homem que, do presente,
Dialoga com seu futuro.
Uma palavra que traz
Em si muitas outras: PAZ.

Onde está a liberdade?

Se, para o poeta, as palavras são o cimento e os tijolos da construção que ele deseja erguer, a casa tem de ficar em algum lugar: no mundo! Por isso, os melhores artistas sempre se preocupam com o que acontece ao seu redor, procurando com suas criações lutar por uma sociedade mais justa e livre. E quem constrói uma casa nova sempre quer que a vizinhança seja agradável, e o bairro, um ótimo lugar para viver. O bairro dos poetas, porém, é o mundo inteiro e por isso eles falam de questões universais: somos todos vizinhos!

Cena legislativa

Primeiramente, condenou-se a pomba
Por amar uma paz entorpecente
Onde o leão perde a juba e a hiena os dentes.

Depois, condenou-se no cordeiro
A perigosa dúvida que o anima.
O rio dos lobos corre sempre para cima.

Condenou-se a cigarra, finalmente,
Pelo crime de cantar nas horas vagas
Que a faina das formigas não tem paga.

Consolidada a ordem, festejou-se.
E o leão rugindo, a hiena rindo,
Os trabalhos foram dados por bem findos.

Etimologia

no suor do rosto
o gosto
do nosso pão diário

sal: salário

Time is money

ele nasceu... não ouvem o galo?
vamos correndo crucificá-lo!

Volta à legalidade

Decretamos silêncio, mas alguns
Murmuravam ainda. Decepamos
A língua obstinada.

Proibimos lanternas, mas alguém
Nos olhava do escuro. Trespassamos
O olho indagador.

Pedimos sujeição, mas houve punhos
Erguidos contra nós. Inauguramos
A fase dos reféns.

Persistia a desordem. Era inútil
A tática cristã. Então usamos
A parede e o fuzil.

Hoje estamos, Comandante, receosos
Nesta cidade morta, onde escutamos
Ruídos tenebrosos.

Os cães latem demais. Há mesmo casos
De deserção na tropa. O medo, agora,
É hóspede constante.

Eis a última mensagem, Comandante:
A ordem foi mantida. Agora é tarde.
Deus nos guarde.

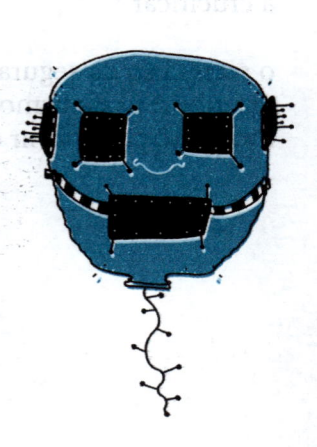

Do Novíssimo Testamento

elevaram-no maniatado

e despindo-o o cobriram com uma capa de
escarlata

e tecendo uma coroa d'espinhos puseram-lha na
cabeça e em sua mão direita uma cana e
ajoelhando diante dele o escarneciam

e cuspindo nele tiraram-lhe a cana e batiam-lhe
com ela na cabeça

e depois de o haverem escarnecido tiraram-lhe
a capa vestiram-lhe os seus vestidos e o levaram
a crucificar

o secretário da segurança admitiu os excessos
dos policiais e afirmou que já mandara abrir
inquérito para punir os responsáveis

Borboleta

Mal saíra do casulo
para mostrar ao sol
o esplendor de suas asas
um pé distraído a pisou.

(A visão da beleza
dura um só instante
inesquecível.)

Teologia

A minhoca cavoca que cavoca.
Ouvira falar da grande luz, o Sol.
Mas quando põe a cabeça de fora,
a Mão a segura e a enfia no anzol.

Matinata

O galo cantou. Fogem morcegos na noite derrotada. A vítima sorri, triunfalmente, do último combate.

O galo cantou. O fantasma tira a máscara, exausto de vingança. A todo morto olvido, a todo faminto pão, a todo humilhado glória.

O galo cantou. O suicida recusa o copo de veneno e sepulta em si mesmo o orgulho pobre e o mistério absurdo.

O galo cantou. Alguém olha o relógio. Não é hora de guerra nem hora de medo, mas a primeira hora.

O galo cantou. O homem recolhe as armas do chão e com sangue escreve no infinito: SEJA AMOR O ÚNICO PROBLEMA.

Do mecenato

E le vive
Como um leão de circo.

De manhã, alguém
Deixa sobre o chão
Da jaula, ainda suja
De excremento e sonhos,
O prato de ração.
Nesse instante, ele pensa
(Breve espaço sem grades)
Um mundo mais justo,
Onde o pão não custe
Essa cabeça baixa,
Esse rubor ao insulto,
Esse olhar melancólico
A todas as escadas.

De dia, ele corre
O picadeiro com
A juba irritada
E urra como bicho
E vocifera, mas
Um chicote o traz
De volta à realidade.
Então, submisso,
Ele rola a bola,

Ele pula o arco,
Ele sobe o degrau
Sob o olhar ferino
Da culta plateia,
Que no riso se vinga
Desse leão frustrado
Que há em todos nós.

De noite, ele volta
À rua de sempre,
À lua de sempre,
Ao sono de sempre
Sob cobertores
E dorme, no consolo
De que, neste mundo,
Apesar de tudo,
Há sempre mais leões
Do que domadores.

Baladilha

M orre o boi
Quando chega ao fim
A paciência bovina
De mascar capim,
De puxar o carro,
De servir ao homem
Que o mata e come.

Morre o cão
No meio da rua
Sob a luz da lua
A que tanto uivou.
Guardou fielmente
O celeiro do homem,
Mas morreu de fome.

Morre o pássaro
Dentro da gaiola
Quando é noite e o canto

Já não o consola.
Pela última vez
Canta para o homem
Que, embora livre, dorme.

Envoy[3]*:*

Homem, não sejas
Pássaro nostálgico,
Cão ou boi servil.
Levanta o fuzil
Contra o outro homem
Que te quer escravo.
Só depois disso morre.

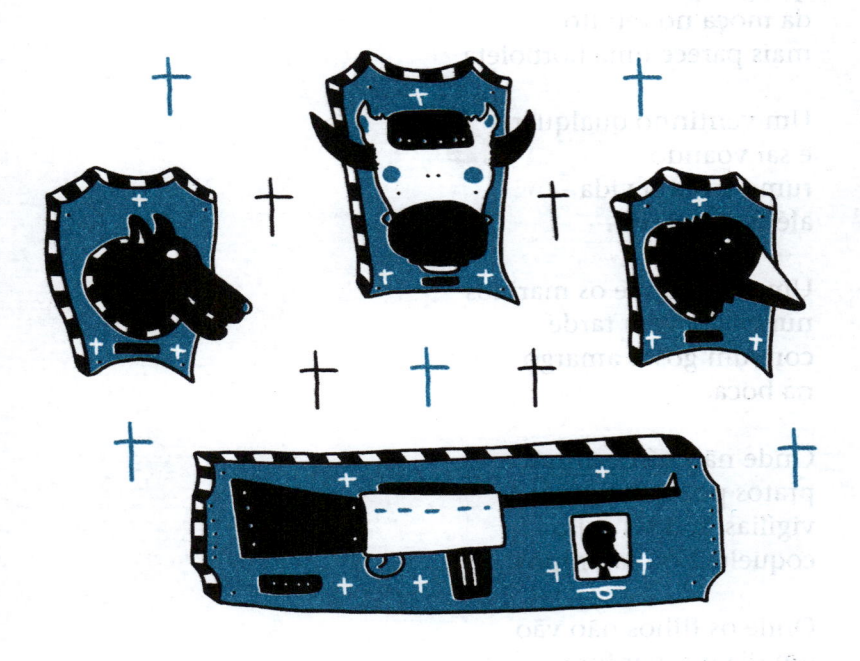

---

3 Palavra inglesa que, em poesia, significa "oferta", "remate". O *envoy* traz, na última estrofe de uma balada, a mensagem do poeta para a pessoa com quem ele dialoga. (N. E.)

Outro retrato

O laço de fita
que prende os cabelos
da moça no retrato
mais parece uma borboleta.

Um ventinho qualquer
e sai voando
rumo a outra vida
além do retrato.

Uma vida onde os maridos
nunca chegam tarde
com um gosto amargo
na boca.

Onde não há cozinhas
pratos por lavar
vigílias, fraldas sujas
coqueluches, sarampos.

Onde os filhos não vão
um dia estudar fora
e acabam se casando
e esquecem de escrever.

Onde não sobram contas
a pagar nem dentes
postiços nem cabelos
brancos nem muito menos rugas.

Um ventinho qualquer...
O laço de fita
prende sempre – coitada! –
os cabelos da moça.

Como armar um presépio

Pegar uma paisagem qualquer

cortar todas as árvores e transformá-las em papel de imprensa

enviar para o matadouro mais próximo todos os animais

retirar da terra o petróleo ferro urânio que possa eventualmente conter e fabricar carros tanques aviões mísseis nucleares cujos morticínios hão de ser noticiados com destaque

despejar os detritos industriais nos rios e lagos

exterminar com herbicida ou napalm[4] os últimos traços de vegetação

evacuar a população sobrevivente para as fábricas e cortiços da cidade

depois de reduzir assim a paisagem à medida do
                                                    homem
erguer um estábulo com restos de madeira cobri-lo de chapas enferrujadas e esperar

---

4 Produto altamente destrutivo usado em bombas incendiárias. (N. E.)

esperar que algum boi doente algum burro fugido
algum carneiro sem dono venha nele esconder-se

esperar que venha ajoelhar-se diante dele algum velho
pastor que ainda acredite no milagre

esperar esperar

quem sabe um dia não nasce ali uma criança e a vida
recomeça?

Hino ao sono

Sem a pequena morte
de toda noite
como sobreviver à vida
de cada dia?

Ressalva

Fácil riqueza de poucos.

A luva antes do crime,
O pão sem mérito algum,
O rosto, mármore falso,
Os pés no barro comum.

Árdua pobreza de muitos.

A injustiça da cruz,
A pressa das alegrias,
A demora dos augúrios,
As penas da rebeldia.

Mas um diamante – o orgulho.

História antiga

Estava o rei
Atrás do cristal.

Vem o tempo
Lhe fazer mal.

O tempo no homem:
Fora da prisão.

O homem no povo:
Senhor Capitão.

O povo no fogo:
O fogo sua lei.

O mal pelo bem
O bem pelo mal.

Que pálido o rei!
Que frágil o cristal!

O poeta e os outros

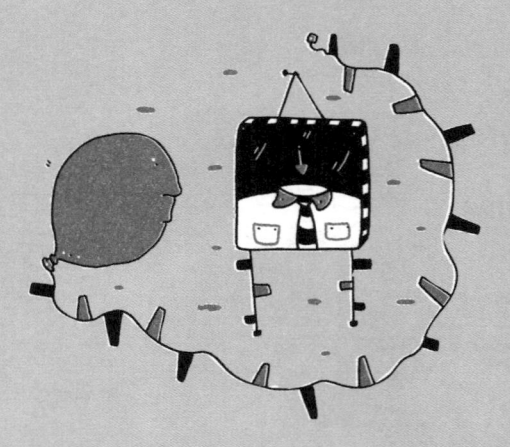

Os poetas costumam lutar pela liberdade e por um mundo melhor.
Mas eles também gostam de receber bem as pessoas em sua casa, ou seja,
em sua poesia. E quem é bom anfitrião sabe conversar, dialogar!
Por isso, os poetas sempre falam dos amigos, das pessoas que
conheceram na infância, do ambiente escolar, da família,
de personagens reais ou fictícios e também de outros poetas.
Claro, pois se queremos ter um mundo justo e agradável, também
desejamos que nossas companhias sejam as melhores possíveis!

Metamorfoses

Sou o que sou:
o silêncio após o mas
e o ou

fui o que fui:
um ruído entre
o constrói e o rui.

fosse o que fosse:
a ponte (que pena!)
quebrou-se

ser o que seria:
já crepúsculo mal
começa o dia?

O aluno

São meus todos os versos já cantados:
A flor, a rua, as músicas da infância,
O líquido momento e os azulados
Horizontes perdidos na distância.

Intacto me revejo nos mil lados
De um só poema. Nas lâminas da estância,
Circulam as memórias e a substância
De palavras, de gestos isolados.

São meus também os líricos sapatos
De Rimbaud, e no fundo dos meus atos
Canta a doçura triste de Bandeira.

Drummond me empresta sempre o seu bigode.
Com Neruda, meu pobre verso explode
E as borboletas dançam na algibeira.

Madrigal

Meu amor é simples, Dora,
Como a água e o pão.

Como o céu refletido
Nas pupilas de um cão.

Um retrato

Eu mal o conheci
quando era vivo.
Mas o que sabe
um homem de outro homem?

Houve sempre entre nós certa distância,
um pouco maior que a desta mesa onde escrevo
até esse retrato na parede
de onde ele me olha o tempo todo. Para quê?

Não são muitas as lembranças
que dele guardo: a aspereza
da barba no seu rosto quando eu o beijava
ao chegar para as férias;
o cheiro de tabaco em suas roupas;
o perfil mais duro do queixo
quando estava preocupado;
o riso reprimido
até soltar-se (alívio!)
na risada.

Falava pouco comigo.
Estava sempre
noutra parte: ou trabalhando
ou lendo ou conversando
com alguém ou então saindo
(tantas vezes!) de viagem.

Só quando adoeceu e o fui buscar
em casa alheia
e o trouxe para a minha casa (que infinitos
os cuidados de Dora com ele!)
estivemos juntos por mais tempo.
Mesmo então dele eu só conheci
a luta pertinaz
contra a dor, o desconforto,
a inutilidade forçada, os negaceios
da morte já bem próxima.

Até o dia em que tive de ajudar
a descer-lhe o caixão à sepultura.
Aí então eu o soube mais que ausência.
Senti com minhas próprias mãos o peso
do seu corpo, que era o peso
imenso do mundo.
Então o conheci. E conheci-me.

Ergo os olhos para ele na parede.
Sei agora, pai,
o que é estar vivo.

Loucos

Ninguém com um grão de juízo ignora estarem os loucos muito mais perto do mundo das crianças que do mundo dos adultos. Eu pelo menos não esqueci os loucos da minha infância.

Havia o Elétrico, um homenzinho atarracado de cabeça pontuda que dormia à noite no vão das portas mas de dia rondava sem descanso as ruas da cidade.

Quando topava com um poste de iluminação, punha-se a dar voltas em torno dele. Ao fim de certo número de voltas, rompia o círculo e seguia seu caminho em linha reta até o poste seguinte.

Nós, crianças, não tínhamos dúvida de que se devia aos círculos mágicos do Elétrico a circunstância de jamais faltar luz em Taquaritinga e de os seus postes, por altos que fossem, nunca terem desabado.

Havia também o João Bobo, um caboclo espigado, barbicha rala a lhe apontar do queixo, olhos lacrimejantes e riso sem causa na boca desdentada sempre a escorrer de baba.

Adorava crianças de colo. Quando lhe punham uma nos braços, seus olhos se acendiam, seu riso de idiota ganhava a mesma expressão de materna beatitude que eu me acostumara a ver, assustado com a semelhança, no rosto da Virgem do altar-mor da igreja.

E havia finalmente o Félix, um preto de meia-idade sempre a resmungar consigo num incompreensível monólogo. A molecada o perseguia ao refrão de "Félix morreu na guerra! Félix morreu na guerra!".

Ele respondia com os palavrões mais cabeludos porque o refrão lhe lembrava que, numa das revoluções, a mãe o escondera no mato com medo do recrutamento, a ele que abominava todas as formas de violência.

Quando Félix rachava lenha cantando, no quintal de nossa casa, e, em briga de meninos, um mais taludo batia num menor, ele se punha a berrar desesperadamente: "Acuda! Acuda!" até um adulto aparecer para salvar a vítima.

Como se vê, os loucos de nossa infância eram loucos úteis. Deles aprendemos coisas que os professores do grupo e do ginásio não nos poderiam ensinar, mesmo porque, desconfio, nada sabiam delas.

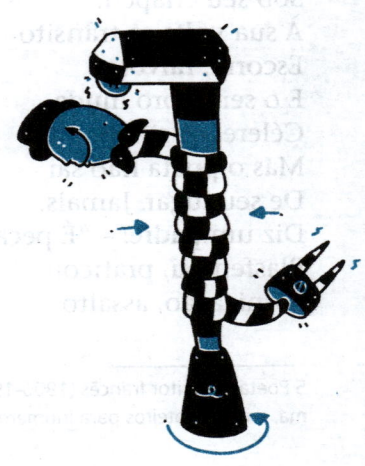

A pequena revolução de Jacques Prévert[5]

Há um poeta imóvel
No meio da rua.
Não é anjo bobo
Que viva de brisa,
Nem é canibal
Que coma carne crua.
Não vende gravatas,
Não prega sermão,
Não teme o inferno,
Não reclama o céu.
É um poeta apenas,
Sob seu chapéu.
À sua volta, o trânsito
Escorre, raivoso,
E o semáforo muda,
Célere, os sinais.
Mas o poeta não sai
De seu lugar. Jamais.
Diz um padre: – "É pecador.
Blasfemou, praticou
Fornicação, assalto.

---

5 Poeta e escritor francês (1900-1977), dedicou grande parte de sua atividade ao cinema, criando roteiros para inúmeros filmes. (N. E.)

Por castigo ficou
Atado ao asfalto."
Diz um rico: – "É anarquista,
Que mastiga pólvora,
Que bebe cerveja
E espera a explosão
Da bomba sob a igreja."
Diz um soldado: – "É agente
De potência estrangeira.
Aguarda seus cúmplices,
Ocultos em algum
Lugar desta ladeira."
Diz um doutor: – "É vítima
De mal perigoso.
Está paralítico,
Ou talvez nefrítico,
Ou então leproso."
Ante notícias
Tão contraditórias,
Há queda na Bolsa,
Pânico na Sé,
Cai o Ministério,
E foge o doutor,
O padre, o soldado,
O rico, o ministro,
O governador.
Sem donos, o povo
Livra-se de impostos;
Sem padres, o povo
Livra-se da missa;
Sem doutores, o povo
Livra-se da morte.
As ruas se animam
De vozes, de cores,
De passos, pregões,
Abraços, canções.

E, no meio da rua,
Sob seu chapéu,
Sob o azul do céu,
O poeta sorri,
Completo,
Feliz.

Poética

· · · · · · · · · · ·

Não sei palavras dúbias. Meu sermão
Chama ao lobo verdugo e ao cordeiro irmão.

Com duas mãos fraternas, cumplicio
A ilha prometida à proa do navio.

A posse é-me aventura sem sentido.
Só compreendo o pão se dividido.

Não brinco de juiz, não me disfarço em réu.
Aceito meu inferno, mas falo do meu céu.

Centaura

A moça de bicicleta
parece estar correndo
sobre um chão de nuvens.

A mecânica ardilosa
dos pedais multiplica
suas pernas de bronze.

O guidão lhe reúne
num só gesto redondo
quatro braços.

O selim trava com ela
um íntimo diálogo
de côncavos e convexos.

Em revide aos dois seios
em riste, o vento desfaz
os cabelos da moça

numa esteira de barco
– um barco chamado
Desejo onde, passageiros

de impossível viagem,
vão todos os olhos
das ruas por que passa.

O poeta e seu mestre

Tiro da sua cartola
repleta de astros,
mil sobrenaturais
paisagens de infância.

Sua bengalinha
queima os ditadores,
destrói as muralhas
libertando os anjos.

Calço seu sapato
e eis que percorro
a branca anatomia
de pássaros e flores

Repito seus gestos
de amor e renúncia,
de música ou luta,
de solidariedade.

Carlitos!

Teu bigode é a ponte
que nos liga ao sonho
e ao jardim tão perto.

À minha perna esquerda

1

Pernas
para que vos quero?

Se já não tenho
por que dançar.

Se já não pretendo
ir a parte alguma.

Pernas?
Basta uma.

2

Desço
que   subo
desço   que
subo
camas
imensas.

Aonde me levas
todas as noites
pé morto
pé morto?

Corro, entre fezes
de infância, lençóis
hospitalares, as ruas
de uma cidade que não dorme
e onde vozes barrocas
enchem o ar
de p
   a
   i
   n
   a sufocante
e o amigo sem corpo
zomba dos amantes
a rolar na relva.

      Por que me deixaste
            pé morto
            pé morto
    a sangrar no meio
    de tão grande sertão?

      não
      n ã o
      N Ã O !

      3
   Aqui estou,
   Dora, no teu colo,
   nu
   como no princípio
   de tudo.

Me pega
me embala
me protege.

Foste sempre minha mãe
e minha filha
depois de teres sido
(desde o princípio
de tudo) a mulher.

4

Dizem que ontem à noite um inexplicável morcego assustou os pacientes da enfermaria-geral.

Dizem que hoje de manhã todos os vidros do ambulatório apareceram inexplicavelmente sem tampa, os rolos de gaze todos sujos de vermelho.

5

Chegou a hora
de nos despedirmos
um do outro, minha cara
data vermibus[6]
perna esquerda.
A las doce en punto[7]
de la tarde
vão-nos separar
ad eternitatem[8].
Pudicamente envolta
num trapo de pano
vão te levar
da sala de cirurgia
para algum outro (cemitério
ou lata de lixo
que importa?) lugar

---

6 Expressão latina que significa "dada aos vermes". (N. E.)
7 Em espanhol, "ao meio-dia em ponto". (N. E.)
8 Expressão latina que significa "para a eternidade". (N. E.)

onde ficarás à espera
a seu tempo e hora
do restante de nós.

6

esquerda direita
esquerda direita
direita
direita

Nenhuma perna
é eterna.

7

Longe
do corpo
terás
doravante
de caminhar sozinha
até o dia do Juízo.

Não há
pressa
nem o que temer:
haveremos
de oportunamente
te alcançar.

Na pior das hipóteses
se chegares
antes de nós
diante do Juiz
coragem:
não tens culpa
(lembra-te)
de nada.

Os maus passos
quem os deu na vida
foi a arrogância
da cabeça
a afoiteza
das glândulas
a incurável cegueira
do coração.
Os tropeços
deu-os a alma
ignorante dos buracos
da estrada
das armadilhas
do mundo.

Mas não te preocupes
que no instante final
estaremos juntos
prontos para a sentença
seja ela qual for
contra nós
lavrada:
as perplexidades
de ainda outro Lugar
ou a inconcebível
paz
do Nada.

Humano, sempre humano

Às vezes, só porque temos uma casa imponente e bonita e moramos num bairro muito chique, acabamos pensando que somos melhores do que os outros. Os grandes poetas, porém, não cometem esse erro, pois sabem que no fundo os seres humanos são todos iguais e precisam ter a humildade de reconhecer isso. Às vezes, aliás, casas simples são as mais aconchegantes e agradáveis para morar – como a poesia direta e sem muito enfeite, que transmite sua mensagem de forma clara e objetiva, despertando as mais profundas emoções.

Fenomenologia da humildade

Se queres te sentir gigante, fica perto de um anão.

Se queres te sentir anão, fica perto de um gigante.

Se queres te sentir alguém, fica perto de ninguém.

Se queres te sentir ninguém, fica perto de ti mesmo.

Canção de exílio

Um dia segui viagem
sem olhar sobre o meu ombro.

Não vi terras de passagem
Não vi glórias nem escombros.

Guardei no fundo da mala
um raminho de alecrim.

Apaguei a luz da sala
que ainda brilhava por mim.

Fechei a porta da rua
a chave joguei ao mar.

Andei tanto nesta rua
que já não sei mais voltar.

Noturno

O apito do trem perfura a noite.
As paredes do quarto se encolhem.
O mundo fica mais vasto.

Tantos livros para ler
tantas ruas por andar
tantas mulheres a possuir...

Quando chega a madrugada
o adolescente adormece por fim
certo de que o dia vai nascer especialmente para ele.

Il Poverello[9]

Desgrenhado e meigo, andava na floresta.
Os pássaros dormiam em seus cabelos.
As feras o seguiam mansamente.
Os peixes bebiam-lhe as palavras.

Dentro dele todo o caos se resolvera
Numa ingênua certeza: – "Preguei a paz,
Mostrei o erro, domei a força, curei o mal.
Antes de mim, o crime. Depois de mim, o amor."

Mas a floresta esqueceu, no outro dia,
O bíblico sermão e, novamente,
O lobo comeu a ovelha, a águia comeu a pomba,
Como se nunca houvera santos nem sermões.

---

9 Em italiano, "O Pobrezinho", apelido de São Francisco de Assis. (N. E.)

Saldo

a torneira seca
(mas pior: a falta
de sede)

a luz apagada
(mas pior: o gosto
do escuro)

a porta fechada
(mas pior: a chave
por dentro)

Ao shopping center

Pelos teus círculos
vagamos sem rumo
nós almas penadas
do mundo do consumo.

De elevador ao céu
pela escada ao inferno:
os extremos se tocam
no castigo eterno.

Cada loja é um novo
prego em nossa cruz.
Por mais que compremos
estamos sempre nus

nós que por teus círculos
vagamos sem perdão
à espera (até quando?)
da Grande Liquidação.

À televisão

Teu boletim meteorológico
me diz aqui e agora
se chove ou se faz sol.
Para que ir lá fora?

A comida suculenta
que pões à minha frente
como-a toda com os olhos.
Aposentei os dentes.

Nos dramalhões que encenas
há tamanho poder
de vida que eu próprio
nem me canso em viver.

Guerra, sexo, esporte
– me dás tudo, tudo.
Vou pregar minha porta:
já não preciso do mundo.

Poema circense

Atirei meu coração às areias do circo como se atira ao mar uma âncora aflita. Ninguém bateu palmas. O trapezista sorriu, o leão farejou-me desdenhosamente, o palhaço zombou de minha sombra fatídica.

Só a pequena bailarina compreendeu. Em suas mãos de opala, meu coração refletia as nuvens de outono, os jogos de infância, as vozes populares.

Depois de muitas quedas, aprendi. Sei agora vestir, com razoável destreza, os risos da hiena, a frágil polidez dos elefantes, a elegância marinha dos corcéis.

Todavia, quando as luzes se apagam, readquiro antigos poderes e voo. Voo para um mundo sem espelhos falsos, onde o sol devolve a cada coisa a sombra natural e onde não há aplausos, porque tudo é justo, porque tudo é bom.

A um recém-nascido

para José Paulo Naves

Que bichinho é este
tão tenro
tão frágil
que mal aguenta o peso
do seu próprio nome?

– É o filho do homem.

Que bichinho é este
expulso de um mar
tranquilo, todo seu
que veio ter à praia
do que der e vier?

– É o filho da mulher.

Que bichinho é este
de boca tão pequena
que num instante passa
do sorriso ao bocejo
e dele ao berro enorme?

– É o filho da fome.

Que bichinho é este
que por milagre cessa

o choro assim que pode
mamar numa teta
túrgida, madura?

– É o filho da fartura.

Que bichinho é este
cujos pés, na pressa
de seguir caminho
não param de agitar-se
sequer por um segundo?

– É o filho do mundo.

Que bichinho é este
que estende os braços curtos
como se tivesse
já ao alcance da mão
algum dos sonhos seus?

– É um filho de Deus.

A Edgar Allan Poe[10]

Fecha-se um homem no quarto
E esquece a janela aberta.
Pela janela entra um corvo.
O homem se desconcerta.

Desconcertado, invectiva-o
De anjo, demônio, adivinho.
Pede-lhe mágicas, mapas,
Soluções, chaves, caminhos.

Mas, ave de curto voo,
O corvo sorri de pena.
Murmura vagas palavras.
Não absolve, não condena.

Cala-se o homem, frustrado,
(O egocentrismo desgosta)
E, a contragosto, percebe
Que o eco não é resposta.

---

10 Escritor americano (1809-1849), considerado o gênio dos contos de suspense e horror. "O corvo" é um dos seus textos mais famosos. (N. E.)

Soneto quixotesco

Uma espada qualquer, de qualquer aço,
Um cavalo de flanco palpitante,
Fortuna incerta, divagar constante,
Sereno o rosto, sempre altivo o braço.

No coração, em mui secreto espaço,
A figura de Dora, tão distante,
Mas tão perto, contudo, e tão reinante,
Que a ela se dedique o menor passo.

Desfeito o agravo, conjurado o mal,
Novo caminho, que neste exercício
Nenhum descanso cabe. E que afinal,

Por luta valerosa ou alto feito,
Eu ganhe reino e Dora, mas no peito
Morem saudades do passado ofício.

Altos e baixos

Um homem apaixonado pelo céu andava o tempo todo de rosto para cima, a contemplar as mutáveis configurações das nuvens e o brilho distante das estrelas.

Nesse embevecimento, não viu uma trave contra a qual topou violentamente com a testa. Um amigo zombou da sua distração, dizendo que quem só quer ver estrelas acaba vendo as estrelas que não quer.

Espírito previdente, esse amigo vivia de olhos postos no chão, atento a cada acidente do caminho. Por isso não pôde ter sequer um vislumbre da maravilhosa fulguração do meteoro que um dia lhe esmagou a cabeça.

Ode pacífica

Levei comigo um punhal,
Com mãos firmes, cautelosas,
Como se leva um segredo,
Como se leva uma rosa.

Assim armado, enfrentei
As emboscadas e os crimes.
Nos corredores do ódio,
Combati, gritei, perdi-me.

O punhal me dominava,
Fascinava-me a revolta.
(Vivemos presos à chave
Que em sigilo nos solta.)

Mas um dia uma verdade,
Que nega todo punhal,
Pôs brisas na minha face,
Furtou-me às vozes do mal.

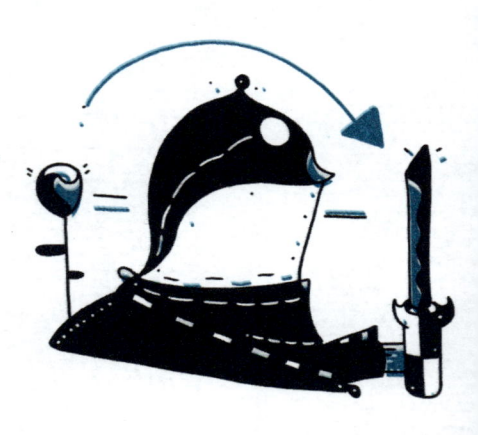

O homem no quarto

Teu protesto inútil,
tuas flores murchas,
teu violino fácil,
tua vontade escassa,

São frutos humildes,
são folhas perdidas
que um sapato esmaga
nascendo da sombra.

Caminhas sem rumo
por todas as ruas,
não rasgas um livro,
nem matas a amante

Cumprimentas mesmo,
com a garganta seca,
gestos tão longe
que ninguém esboça.

Meu coitado amigo...
prende a tua mão
antes que ela entorne
a copa de sangue.

Teus irmãos constroem
no ar atmosférico
com pedras e luzes
um berço pouco a pouco.

Não podes manchá-los
de sangue hesitante
nem deves turbar
o ritmo da aurora.

Acende o cachimbo,
eis uma poltrona.
Começa a vigília
sem impaciência,

Até que outros braços,
redentoras asas,
venham colocar
um lírio muito branco

Na página e no verso
do teu melhor poeta...

Momentos do Brasil

O poeta se preocupa com os seres humanos e com a justiça social. Ao mesmo tempo ele olha com muita atenção para o país onde vive, onde está a sua casa. É como se a história brasileira fizesse parte da própria história do poeta, com seus personagens se convertendo em pessoas importantes para a sua arte. Os versos, então, dialogam com os livros de história, para narrar acontecimentos importantes. Dessa forma, o Brasil se torna parte dessa construção bela e importante que é a obra poética de José Paulo Paes.

Dia do Índio

O dia dos que têm
os seus dias contados

O grito

Um tranquilo riacho suburbano,
Uma choupana embaixo de um coqueiro,
Uma junta de bois e um carreteiro:
Eis o pano de fundo e, contra o pano,

Figurantes – cavalos, cavaleiros,
Ressaltando o motivo soberano,
A quem foi reservado o meio plano
Onde avulta, solene e sobranceiro.

Complete-se a pintura mentalmente
Com o grito famoso, postergando
Qualquer simbologia irreverente.

Nem se indague do artista, casto obreiro
Fiel ao mecenato e ao seu comando,
Quem o povo, se os bois, se o carreteiro.

Cem anos depois

Vamos passear na floresta
Enquanto D. Pedro não vem.
D. Pedro é um rei filósofo,
Que não faz mal a ninguém.

Vamos sair a cavalo,
Pacíficos, desarmados:
A ordem acima de tudo.
Como convém a um soldado.

Vamos fazer a República,
Sem barulho, sem litígio,
Sem nenhuma guilhotina,
Sem qualquer barrete frígio.

Vamos, com farda de gala,
Proclamar os tempos novos,
Mas cautelosos, furtivos,
Para não acordar o povo.

A cristandade

Padre açúcar,
Que estais no céu
Da monocultura,
Santificado
Seja o nosso lucro,
Venha a nós o vosso reino
De lúbricas mulatas
E lídimas patacas,
Seja feita
A vossa vontade,
Assim na casa-grande
Como na senzala.

O ouro nosso
De cada dia
Nos dai hoje
E perdoai nossas dívidas
Assim como perdoamos
O escravo faltoso
Depois de puni-lo.
Não nos deixeis cair em tentação
De liberalismo,
Mas livrai-nos de todo
Remorso, amém.

Palmares

· · · · · · · · · · · · ·

I

No alto da serra,
A palmeira ao vento.
Palmeira, mastro
De bandeira, cruz
De madeira, pálio
De fúnebre liteira,
Que negro suado,
Crucificado,
Traído, morto,
Velas ainda?
Não sei, não sabes,
Não sabem. Os ratos
Roem seu livro,
Comem seu queijo
E calam-se, que o tempo
Apaga a mancha
De sangue no tapete
E perdoa o gato
Punitivo. Os ratos
Não clamam, os ratos
Não acusam, os ratos
Escondem
O crime de Palmares.

II

Negra cidade
Da liberdade
Forjada na sombra
Da senzala, no medo
Da floresta, no sal
Do tronco, no verde
Cáustico da cana, nas rodas
Da moenda.
Sonhada no banzo,
Dançada no bumba,
Rezada na macumba.
Negra cidade
Da felicidade,
Onde a chaga se cura,
O grilhão se parte,
O pão se reparte
E o reino de Ogun,
Sangô, Olorun,
Instala-se na terra
E o negro sem dono,
O negro sem feitor,
Semeia seu milho,
Espreme sua cana,
Ensina seu filho
A olhar para o céu
Sem ódio ou temor.
Negra cidade
Dos negros, obstinada
Em sua força de tigre,
Em seu orgulho de puma,
Em sua paz de ovelha.
Negra cidade
Dos negros, castigada

Sobre a pedra rude
E elementar e amarga.
Negra cidade
Do velho enforcado,
Da virgem violada,
Do infante queimado,
De Zumbi traído.
Negra cidade
Dos túmulos, Palmares.

III

Domingos Jorge, velho
Chacal, a barba
Sinistramente grave
E o sangue
Curtindo-lhe o couro
Da alma mercenária.
Domingos Jorge, velho
Verdugo, qual
A tua paga?
Um punhado de ouro?
Um reino de vento?
Um brasão de horror?
Um brasão: abutre
Em campo negro,
Palmeira decepada,
Por timbre, negro esquife.
Domingos Jorge Velho,
Teu nome guardou-o
A memória dos justos.
Um dia, em Palmares,
No mesmo chão do crime,
Terás teu mausoléu:
Lápide enterrada

Na areia e, sobre ela,
A urina dos cães,
O vômito dos corvos
E o desprezo eterno.

Os Inconfidentes

I

Vila Rica, Vila Rica,
Cofre de muita riqueza:
Ouro de lei no cascalho,
Diamantes à flor do chão.
Num golpe só da bateia,
Nosso bem ou perdição.

Vila Rica, Vila Rica,
Ninho de muito vampiro:
O padre com pés de altar,
O bispo com sua espórtula,
O ouvidor com seu despacho
E o povo feito capacho.

Vila Rica, Vila Rica,
Teatro de muito som:
Cláudio no seu clavicórdio,
Alvarenga em sua flauta,
Gonzaga na sua lira.
Vozes doces, mesa lauta.

Vila Rica, Vila Rica,
Masmorra de muita porta:
Para negro fugitivo,

Para soldado rebelde,
Para poeta e poemas,
Nunca faltaram algemas.

Vila Rica, Vila Rica,
Forja de muito covarde:
Só o corpo mutilado
De um bravo e simples alferes
Te salva e te justifica
Vila Rica vil e rica.

II

Na tranquila varanda de Gonzaga,
Sob os livros de Cláudio Manuel,
Solenes se reúnem, proclamando
A revolta do sonho e do papel.

Entre o gamão e o chá fazem as leis
Da perfeita república. No sono
Dos sobrados mineiros, verbalmente,
Resgatam pátrias, justiciam tronos.

Guardam as armas sob o travesseiro.
Vestem capas do roxo mais poético.
Convertem curas, mascates, sapateiros.
São generosos, líricos, patéticos.

Desconhecem apenas, da revolta,
Seu preço em fel e sangue e cães ferozes,
E vão correndo sempre, sonhadores,
Pelo mapa sinistro dos algozes.

III

Como bom católico
E súdito fiel

Da Coroa, roa
Meu coração o corvo
Mais negro, se confesso
Por avaro ou torvo.

Move-me apenas
O intento servil
(Não cuido ser vil)
De apontar à Justiça,
Que vendada sei,
A conjurada grei.

São poucos, mas loucos.
Pregam liberdade
Em plena praça ao povo,
Que dela se embriaga
Como se provara
Algum vinho novo.

Reúnem-se, furtivos,
Sob o manto das trevas
E, na causa que enleva,
Esquecem todo risco,
Tramando contra as leis
De Deus e do Fisco.

Alguns são de estirpe,
Outros de sarjeta.
Um deles, alferes
De ralo pecúlio,
Pouca-roupa, magarefe,
Arvora-se em chefe.

São inimigos dentro
Dos muros da cidade.
São ratos que mordem

As colunas da Ordem
Que vossa mão clemente
Impôs sobre as gentes.

Atentai, pois, Senhor,
Ao exposto. Gosto
É meu o de servir
A Igreja e Rainha,
Soberanas ambas
Desta vida minha.

Inteiro me confio
Ao vosso alvedrio,
Que pronto saberá
O prêmio devido
A quem, fiel embora,
Se acha desvalido.

Que o Céu vos recompense
Qualquer munificência
E, por tanta excelência,
De muito vos dote
Meu santo principal,
São Judas Iscariote.

IV

Saiba todo que ler este Proclama,
Embora poucos leiam na Província,
Sendo empenho do Reino conservar
Em santa ignorância seus vassalos,
Que Maria I, dita louca,
Como se não bastara a muita argúcia
Dos ministros, suprindo o desconcerto
Dos miolos reais, houve por bem
Esmagar a conjura que envenena
O generoso povo desta Vila.

Fazendo-o sonegar o justo quinto
Senhorial de cem arrobas de ouro,
Devidas à Coroa, em cuja Corte,
Terminada a pilhagem sobre as Índias,
Rareia arminho & vinho, triste fato
Que tocará decerto o coração
Dos súditos fiéis e, ao mesmo tempo,
Valendo-se do ensejo, oferecer
Aos maus exemplo e aos bons bom espetáculo
De circo, porque o pão sempre se adia,
Ordena assim a todos assistirem
Ao mais raro massacre deste século.

V

O abutre, pousado
No ombro do carrasco,
Vigia a balança.

Neste prato, o chumbo
Do poder. Naquele,
A pluma da justiça.

Uma gota de sangue
Trêmula escorre
No fiel, sem pressa.

Os juízes dormem.
Os condenados rezam.
O carrasco espera.

Um hiato e o prato,
Sob o chumbo, cai
Vencido. A lei foi feita.

A lei: sete tábuas
De esquife, sete velas
De cera, sete corvos.

VI

Enquadrado na escolta, ele caminha.
Rufam tambores fúnebres ao passo
Da lenta procissão, range a carreta.
A litania evola-se no espaço.

Na praça do martírio ergue-se a forca
E uma escada infinita espera o réu:
Vinte degraus de horror, vinte degraus
De crime sob o azul neutro do céu.

O condenado sobe, sem palavra,
Ao patíbulo. Cala-se o tambor.
A litania emudece. O povo espera.
Movem-se os lábios frios do confessor.

Um minuto de séculos e o corpo
Tomba no vácuo, fruto decepado.
O calvário cumpriu-se. A luz se apaga
Nas pupilas imensas do enforcado.

VII

Morreu a rainha louca,
Morreu o juiz de alçada,
De podre ruiu a forca,
Abriu-se a porta fechada.

Morreu meirinho e verdugo,
Morreu Silvério maldito,
O rato roeu os autos,
O arauto calou seu grito.

Morreu o bispo mitrado,
Morreu, surdo, o confessor,

Gastou-se a vela de cera,
O santo caiu do andor.

Deu ferrugem nos grilhões,
O proclama criou mofo,
O brasão caiu no chão,
A traça roeu o estofo.

Cansou a mão do feitor,
Secou o sangue do escravo,
Tudo se foi sob a pá
Do tempo, coveiro cavo.

Na cova dos tempos jaz,
Monturo de cinza e cal,
Remorso, diamante, fezes,
O mundo colonial.

Mas reparai, cavalheiros
Da Igreja como do Estado,
Que um herói ficou de fora,
Embora fosse enterrado.

Tiradentes se recusa
Ao vosso fácil museu,
Panteon de compromissos,
Olimpo de camafeus.

Prefere a praça plebeia
Ao pó das bibliotecas
Onde, a soldo, vosso escriba
Faz da verdade peteca.

Esconjurai-o, Norbertos.
Renegai-o, Capistranos.
Tudo inútil, cavalheiros.
O mito é o berço do humano.

Conhecendo
o autor

José Paulo Paes

Um poeta que conhecia a química das palavras

A poesia está morta mas juro que não fui eu. Nem poderia. Ao contrário, José Paulo Paes deu vida nova à poesia brasileira.

José Paulo Paes nasceu em 1926, em uma pequena cidade do interior de São Paulo, Taquaritinga. Seu pai era caixeiro-viajante (uma espécie de vendedor que negocia seus produtos de porta em porta, às vezes viajando até muito longe para vendê-los), e o avô, livreiro, o que desde cedo o aproximou da literatura, uma de suas grandes paixões. Mesmo assim, ele resolveu estudar engenharia química e por alguns anos se dedicou a esse ofício tão distante do mundo dos livros. A propósito, outros grandes escritores brasileiros também se formaram em áreas muito distantes da literatura: Carlos Drummond de Andrade estudou farmácia e Guimarães Rosa fez medicina antes de se tornar embaixador. Jorge de Lima também era médico.

No entanto, o nosso poeta não conseguiu ficar muito tempo longe da literatura e começou a trabalhar como editor. Nessa função, publicou muitos livros importantes, sempre dando prioridade aos textos clássicos, mas sem esquecer os autores novos. Logo ele também passou a se dedicar a outra atividade ligada ao mundo dos livros, a tradução. Deu-se tão bem nessa área, a ponto de ser considerado o melhor tradutor de literatura que o Brasil já teve. Muito hábil com as palavras, ele conseguia criar excelentes versões para o português, tanto de poesia quanto de prosa. Além disso, trabalhava com diversas línguas diferentes, como o inglês, o francês, o italiano, o espanhol e o grego.

Aliás, essa variedade de ocupações demonstra uma característica marcante de José Paulo Paes: ele era um homem muito versátil, que conseguia se mover bem em diversas atividades diferentes, desde que, é lógico, todas estivessem ligadas à literatura. Por falar nisso, sua própria poesia chama a atenção pela versatilidade, como se pode observar nesta antologia. Nosso poeta gostava muito de diversificar os temas, falando dos mais variados assuntos, desde as pessoas que povoavam a sua infância, passando pela necessidade de lutar por um mundo melhor até chegar em momentos importantes da história brasileira.

Não só os temas, mas também os procedimentos adotados na sua poesia variam muito. Às vezes, José Paulo Paes brinca com as palavras, em textos curtos e divertidos; outras vezes, faz reflexões sobre o trabalho de artistas que ele admirava, como Edgar Allan Poe e tantos outros. Pelo fato de ele escrever de uma forma muito agradável e simples, talvez nem todo leitor consiga perceber que a sua poesia é cheia de nuances (truques que o artista usa para aproveitar os recursos da linguagem), brincadeiras com o sentido das palavras, significados surpreendentes e mensagens ocultas. Por isso, é sempre bom revisitar os poemas de José Paulo Paes. Alguma coisa incrível pode ter ficado para trás num primeiro contato com seus textos, e é sempre possível descobrir coisas novas numa releitura. Trata-se de mais uma prova da grandeza da arte do nosso poeta, pois isso só acontece com as criações literárias dos melhores escritores.

Em tudo José Paulo Paes procurava enxergar um lado positivo. Por causa de uma doença, ele acabou perdendo uma perna. Mas, se por um lado isso o deixou abatido, por outro, o inspirou a criar o belo poema "À minha perna esquerda" (ver página 64). Assim, ele nos ensina que de qualquer coisa é possível tirar algo bom, por exemplo: poesia!

O poeta foi também um dos principais estudiosos brasileiros de literatura. Da mesma forma que os poemas e as traduções, seus estudos literários contemplaram muitos assuntos diferentes, como a poesia grega antiga, a história de Frankenstein, as ilustrações que o escritor Raul Pompeia fez para o seu próprio livro *O Ateneu*... Não é à toa que José Paulo Paes chamou um dos seus livros de ensaios de *Gregos e baianos*: ele gostava de muita coisa diferente...

Quando morreu, em 1998, ele era um dos nomes mais reconhecidos da literatura no nosso país: editor importante, tradutor extremamente elogiado, estudioso respeitado e poeta brilhante. Além disso, deixava um grupo de amigos e admiradores que costumava se reunir com ele para falar de literatura e da vida, que para José Paulo Paes sempre foram quase a mesma coisa.

Obras do autor

POESIA

O aluno, 1947.
Cúmplices, 1951.
Novas cartas chilenas, 1954.
Epigramas, 1958.
Poemas reunidos, 1961.
Anatomias, 1967.
Meia palavra, 1973.
Resíduo, 1980.
Calendário perplexo, 1983.
Um por todos, 1986.
A poesia está morta mas juro que não fui eu, 1988.
Prosas seguidas de Odes mínimas, 1992.
A meu esmo – 15 poemas desgarrados, 1995.
De ontem para hoje – 10 poemas desgarrados, 1996.
Socráticas, 2001.

POESIA E LITERATURA INFANTIL

É isso ali, 1984.
Olha o bicho, 1989.
Poemas para brincar, 1990.
O menino de Olho-d'Água, 1991.
Uma letra puxa a outra, 1992.
Lé com cré, 1993.
Um número depois do outro, 1993.
Um passarinho me contou, 1996.
Ri melhor quem ri primeiro, 1998.
A revolta das palavras, 1999.
Vejam como eu sei escrever, 2001.

Referências bibliográficas

Os textos que compõem esta antologia foram extraídos das seguintes edições:

"Desencontros", "Descartes e o computador", "Momento", "Borboleta", "Teologia", "Fenomenologia da humildade", "Altos e baixos". In: *Socráticas*. São Paulo, Companhia das Letras, 2001.

"Declaração de bens", "Lar", "Brinde", "Monólogo do porta-voz", "Epitáfio", "Cartilha", "Ode", "Liberdade interditada", "Cena legislativa", "Etimologia", "Time is money", "Volta à legalidade", "Do Novíssimo Testamento", "Matinata", "Do mecenato", "Baladilha", "Como armar um presépio", "Hino ao sono", "Ressalva", "O aluno", "Madrigal", "A pequena revolução de Jacques Prévert", "Poética", "O poeta e seu mestre", "Il Poverello", "Saldo", "Poema circense", "A Edgar Allan Poe", "Soneto quixotesco", "Ode pacífica", "O homem no quarto", "Dia do Índio", "O grito", "Cem anos depois", "A cristandade", "Palmares", "Os Inconfidentes". In: *Um por todos*. São Paulo, Brasiliense, 1986.*

"Elegia holandesa", "Lisboa: aventuras". In: *A poesia está morta mas juro que não fui eu*. São Paulo, Duas Cidades, 1988.*

"À garrafa", "Outro retrato", "Um retrato", "Loucos", "À minha perna esquerda", "Canção do exílio", "Noturno", "Ao shopping center", "À televisão", "A um recém-nascido". In: *Prosas seguidas de Odes mínimas*. São Paulo, Companhia das Letras, 1992.

"História antiga". In: *De ontem para hoje – 10 poemas desgarrados*. São Paulo, Boitempo, 1996.*

"Metamorfoses", "Centaura". In: *A meu esmo – 15 poemas desgarrados*. Florianópolis, Noa Noa, 1995.*

---

* O conteúdo dessas obras foi reunido e publicado pela Companhia das Letras em 2008.